The Lion and the Mouse
El león y el ratón

ADAPTED BY / ADAPTADO POR
Teresa Mlawer

ILLUSTRATED BY / ILUSTRADO POR
Olga Cuéllar

Adirondack Books

Once upon a time, there was a little mouse that lived happily in the jungle. He loved to explore as he collected sweet fruits to eat.

Había una vez un ratoncito que vivía feliz en la selva. Le encantaba explorar mientras recogía frutas dulces para comer.

One day, the little mouse was strolling through the jungle. Searching for
a shady place to rest, he went deeper and deeper into the jungle.
    Suddenly, he spotted something in the distance: a huge lion was sleeping
under the shadow of a big tree!

Un día, el ratoncito paseaba por la selva. Buscando un lugar sombreado para descansar, se adentró más y más en la selva.

De pronto, vio algo a lo lejos: ¡un enorme león dormía a la sombra de un gran árbol!

Since the lion was fast asleep, the little mouse decided to check out the so-called "King of the Jungle."

He carefully climbed onto the lion's tail and started running across his back. He reached the lion's head and inspected his mane and ears, and gently pulled his whiskers.

With the lion still sleeping, the mouse even lifted one of the lion's eyelids to find out the color of his eyes.

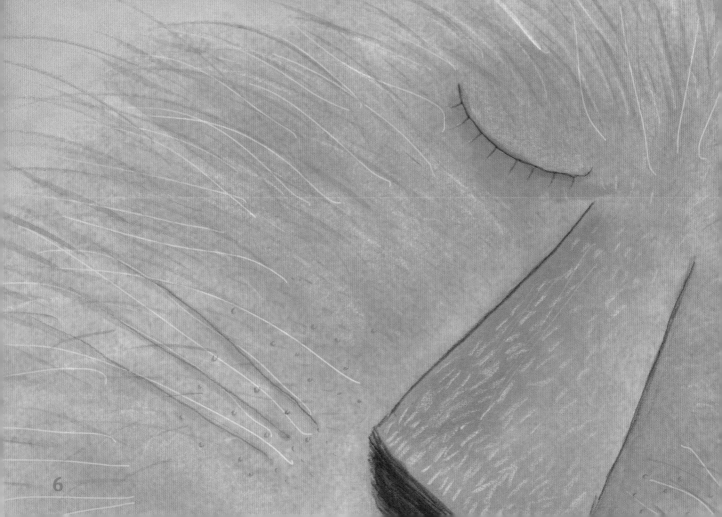

Como el león dormía profundamente, el ratoncito decidió conocer más de cerca al que llamaban "El Rey de la Selva".

Se subió a la cola del león y comenzó a correr por toda su espalda. Llegó a la cabeza e inspeccionó la melena, las orejas, y suavemente le haló los bigotes.

El león seguía dormido, así que el ratoncito se atrevió a levantarle uno de los párpados para ver de qué color tenía los ojos.

Precisely at that moment, the lion woke up with a jolt.
He gave a loud roar and shook his head from side to side.
   The frightened little mouse dropped to the ground,
but the lion quickly caught him between his claws.

Fue precisamente en ese momento que el león se despertó sobresaltado. Lanzó un gran rugido y movió la cabeza de un lado a otro.

El ratoncito asustado cayó al suelo, pero el león rápidamente lo atrapó entre sus garras.

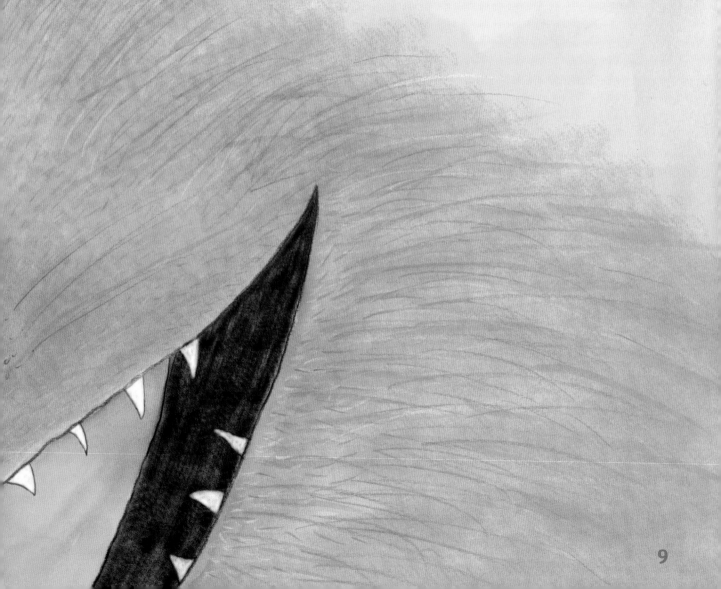

Lifting the little mouse to get a better look
at him, the lion said,
  "How dare you wake me up? I'm going
to eat you right now."
  "Please don't eat me," cried the frightened
little mouse. "Please forgive me, King of the
Jungle. If you let me go, I'll never forget it.
Maybe one day I can repay
your kindness and be
of help to you!"

El león alzó al ratoncito para verlo mejor y dijo:

—¿Cómo te atreves a despertarme? Ahora mismo te comeré.

—Por favor, no me comas —dijo el ratoncito, temeroso—. Perdóname, Rey de la Selva.

Si me dejas ir, nunca lo olvidaré. ¡Quizás algún día pueda recompensar tu bondad y venir en tu ayuda!

Upon hearing this, the lion roared with laughter and said,

"Well, that's silly! How could a tiny mouse like you possibly help a mighty lion like me? I'm the biggest and strongest animal in the jungle, and you're just a small, defenseless creature! What could you ever do to help me?"

Al escuchar esto, el león se echó a reír y dijo:

   —¡Qué tonterías dices! ¿Cómo puede un diminuto ratón como tú ayudar a un poderoso león como yo? ¡Soy el animal más grande y más fuerte de la selva y tú eres una criatura pequeña e indefensa! ¿Qué podrías hacer tú para ayudarme a mí?

"You never know," replied the little mouse. "Size and strength are not everything. I can only promise that if you let me go, I will never ever forget it."

Considering what the mouse had said, the lion picked him up and studied him carefully. With a smile, the lion set him free, and the grateful mouse scurried away.

—Uno nunca sabe —le contestó el ratoncito—. El tamaño y la fuerza no lo son todo. Solo te prometo que si me dejas ir, nunca jamás me olvidaré.

El león se quedó pensando en lo que el ratón había dicho, lo alzó y lo estudió detenidamente. Entonces, sonriendo, lo dejó en libertad, y el ratoncito, agradecido, se fue corriendo.

A few weeks later, the mouse was walking in the jungle when he heard a terrible sound: **Rawrrr! Rawrrr! Rawrrr!**
 He recognized the roar, and immediately ran in the direction of the noise.

Varias semanas después, el ratoncito caminaba por la selva cuando escuchó un terrible rugido: **¡Grrrrrr! ¡Grrrrrr! ¡Grrrrrr!**

Le pareció reconocer el rugido, e inmediatamente corrió en la dirección de donde venía el ruido.

He arrived to find the poor lion caught in a net, unable to move. He had fallen into a trap set by some hunters who wanted to capture him.

As soon as the lion saw the mouse, he let out another sad roar. He tried with all his strength to free himself from the net, but he couldn't. He was trapped!

Al llegar, encontró al pobre león atrapado en una red y sin
poder moverse. Había caído en la trampa de unos cazadores
que querían capturarlo.

Tan pronto el león vio al ratoncito, lanzó otro triste
rugido. Trataba de zafarse de sus amarras con toda su
fuerza, pero no lo lograba. ¡Estaba atrapado!

"My dear friend," said the mouse. "Don't worry. I'll help you."

"How can you help me?" questioned the lion. "I'm caught in this net and the hunters will be here soon."

"Have faith," said the mouse, as he began to nibble on the rope that was trapping his friend.

The little mouse nibbled at the rope nonstop. Finally, he managed to make a hole in the net big enough for the lion to escape!

—Querido amigo —dijo el ratoncito—. No te preocupes. Yo te ayudaré.

—¿Cómo me vas a poder ayudar? —dijo el león—. Estoy atrapado en esta red y los cazadores pronto estarán aquí.

—Ten fe —le dijo el ratoncito—, y comenzó a roer la cuerda que atrapaba a su amigo.

El ratoncito royó la cuerda sin parar hasta que finalmente logró abrir un hueco en la red lo suficientemente grande como para que el león pudiera escapar.

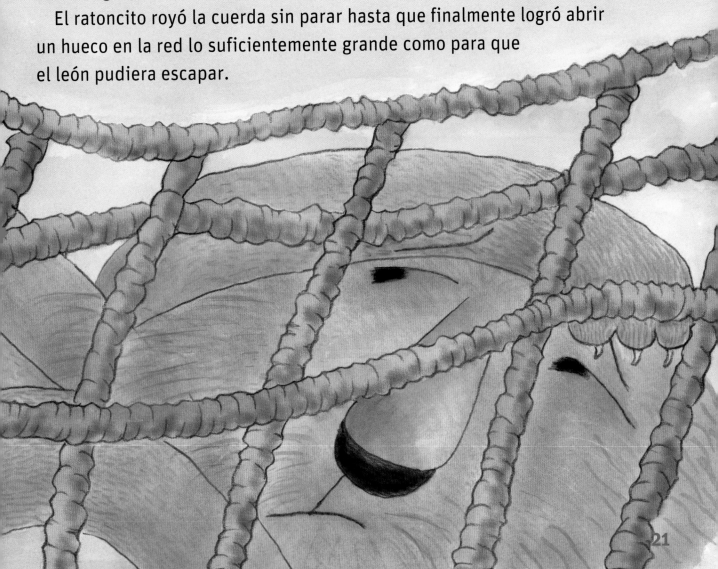

"I don't know how to thank you," said the lion. "You saved my life."

"You don't need to thank me," said the little mouse. "You spared my life once. Now it's my turn to pay you back."

"Thanks to you," said the lion, "I've learned that it's important to keep a promise, and that even a small friend can be a big help."

—No sé cómo darte las gracias —dijo el león—. Me salvaste la vida.

—No tienes por qué darme las gracias —dijo el ratoncito—. Tú me perdonaste la vida en una ocasión. Ahora me toca a mí hacerlo por ti.

—Gracias a ti —dijo el león—, he aprendido que es importante cumplir una promesa, y que incluso los amigos pequeños pueden ser de gran ayuda.

What lesson have we learned from this fable?
Even a small friend can be a big help.

¿Qué lección hemos aprendido de esta fábula?
Incluso los amigos pequeños pueden ser de gran ayuda.

FOR INFORMATION, PLEASE CONTACT ADIRONDACK BOOKS, P.O. BOX 266, CANANDAIGUA, NEW YORK, 14424

ISBN 978-0-9864313-1-9   CJ 10 9 8 7 6 5 4 3 2   PRINTED IN CHINA